동시존재

동시존재

이종민 시집

Synchronicity Lee JongMin

K-Poet Series 038

아시아

차례

현실 1

현실 2

동시존재

현실 1

동시존재

꿈에만 나오는 사람과 종일 걷다가
밟았다
좌표 평면 위 생성되고 있는 땅

이쪽과 저쪽이 없다
위와 아래를 분간할 수 없다

여기까지가 내가 알던 세상에 대한 이야기

비가 오면 마음을 씻고
무지개를 기다리던 날들

자갈길과 푸른 숲
수영장에서

물을 밀어내는 손바닥
통장에 적힌 숫자와
흰 평면 위
무심코 찍어낸 무수한 활자들

확신에 대해 떠들던
칼을 들고
칼을 들고
채소를 썰면서 손가락을 썰지 못하는 망설임

지금부터 네가 겪게 될 일을 이야기해줄게

어깨에 손을 올린 사람의 눈동자
물결치는 과거

훗날 그것을

사랑이 도래했다고 표현했다

둘레길

이정표 앞에서 우리는 각자 걸어갈 방향을 정했다
오르막길이 시작되는 쪽과
내리막길이 시작되는 쪽으로

예상되는 합류지점은 팔각정이었다 팔각정에는 벤치
가 있고 근처에 약수가 있고 오래된 벤치프레스가 있다
고 그가 일러주었다 먼저 도착하는 사람이 약수를 떠놓
자고 종이컵을 나눠 가졌다 약수를 받기 위해서는 줄을
서야 한다고도 일러주었다

그의 몸에서 바싹 마른 나뭇잎 냄새가 난다 마른 나뭇
잎 냄새는 썩기 시작하는 나뭇결의 냄새와 비슷하다

이 산이 원래는 공동묘지였대 사람들이 나누는 대화

를 들으며 걸었다 곧게 자란 나무가 있고 구부정하게
자란 나무가 있고 다른 모양으로 구부정하게 자란 나무
가 있는 길

　원래라는 말을 오래 생각하며 걸었다

　반대로 걸어가면 어디쯤에서 만나게 될지 궁금하지
않아?
　그의 말을 곱씹으며 걸었다 궁금한 것을 궁금해하는
마음에 대해 생각하며 걸었다

　팔각정으로 길게 늘어선 발자국
　쪼그려 앉아 종이컵으로 떨어지는 물을 바라본다 누
구의 발소리도 들리지 않을 정도의 소리
　나무가 죽어가고

그가 오지 않지만 그가 오고 있는 산에서

계속 가게 될 것이다 약수를 담은 종이컵 두 잔을
들고

감은 눈*

   네게 부딪친 바람이 무게를 갖는다. 너는 눈을 감고 잠으로 빠져든다. 꿈속으로. 너는 없고 네가 아는 세계 만 있는 꿈속으로.

   꿈속에서도 누군가 숨을 내쉰다는 것을 안다. 나무가 대지를 빨아들이는 것을 안다. 강물이 멸망으로 넘실거 리는 것을 안다.

   길을 걷다가 언덕 끝을 바라볼 때나 뒤를 돌아보았을 때, 사라지는 기운이 있다는 것을 네 몸이 안다. 빛이 오래전부터 너를 태우고 있다는 것을 알고 눈앞에 당도 한 별이 수억 년을 등 뒤로 감추고 있다는 사실을 안다.

   너는 모르는 척을 한다. 잎과 잎이 부딪치며 내는 선

율과 빗방울이 떨어지며 내는 파열음.

　강물이 너의 눈 속으로, 너도 모르는 너의 어딘가로 흐르고 있다는 사실을.

　평화가 근근이 연명되고 있다. 너의 등 뒤에서. 볼 수 없지만 느낄 수 있도록 정교하게. 땅이 발밑을 돌고 낮과 밤이 서로를 집어삼키며 모든 게 조금씩 가까워진다.

　너의 어깨로 누군가의 손끝이 닿을 때. 네가 고개를 돌리는 순간.

　멸망에 바람이 분다. 네가 없는 우주가 미래를 꿈꾼다.

* 오딜롱 르동, 〈감은 눈〉, 캔버스에 유채, 44×36cm, 1890년.

무한동력

페달을 굴리자 길이 지나간다. 페달이 돌아가며 다리
를 지운다. 머리카락에 속력이 달라붙는다. 길이 끝을
허락하지 않는다. 끝이 길을 물고 끈질기다.

물의 속력을 강이라고 부른다. 페달을 밟아도 브레이
크를 잡아도 거기 있는 강. 내가 없어도 거기 있는 강.

우리는 약속한 적이 없는데. 어느 길의 중간에서. 어
느새 같은 강을 보고.

페달을 돌리지 않아도 우리는 지나간다. 물이 빠른데
강은 잠잠하게 보인다. 우리는 속력이 빨라도 계속 강
변에.

페달이 돌아가며 가로수를 코스모스를 진열한다. 끝이 지나가며 끝을 전시한다. 우리가 우리를 관람한다. 우리가 우리를 떠올린다.

이 속력을 부를 수 있는 이름이 있으면 좋겠다. 강처럼. 막다른 길을 넘어서 우리가 아닌 것처럼.

우리가 우리를 밟고 지나간다. 오늘이 오늘을 물고 끈질기다. 하루가 흘러넘친다.

작은 방주*

물 위에 떠 있는 배보다
지면을 딛고 있는 배의 미래가 더 많다

많은 게 꼭 좋은 것은 아니지만

사람들은
확실한 한 가지보다 불확실한 여러 가지를 더 좋아해

커다란 새장 속 새가 날고 있다

우리가 처음 손을 잡는다

스미스가 좋아하는 한옥 앞에서
영희가 좋아하는 양옥을 상상하면서

스잔 땅거미가 지는데
오 수지큐
같은 가사를 떠올리고

정이란
많은 것보단 얼마나 따뜻하냐가 중요한 것

편하게 해 편하게

나는 운전을 좋아하고
금연껌보다는
졸음껌이 더 맛이 없지만
사람들은 적당히 불편한 것에 더 매력을 가집니다

속이 다 보이는 새장과
설명할 수 없지만 느낌이 좋은 조형물

잠시 한배를 탄 것뿐이야
서서히 물이 차오르면 각자의 목적지가 생기지만
영원히 모르면서 좋아하는

* 최우람, 〈작은 방주〉, 폐종이박스, 금속재료, 기계장치, 전자장치(CPU 보드, 모
니터), 210×230×1272cm, 2022.

빛나는 물질

현관 앞에서 발견한다
웅크린 짐승처럼 동그랗고 얌전한
누군가 잘못 둔 거라 생각해서 그대로 둔다

새집은 통유리가 시공되어 종일 빛이 들고
채광은 미래에 대한 희망을 갖게 만든다

새 가구와 새 가전이 들어오고
서늘한 복도를 지나 현관 비밀번호를 틀리는 날들

스스로 빛을 내고 있다
두 손으로 안으면 거짓말처럼 빛이 멎지만
재채기를 멈출 수 없다
재채기를 할 때마다 계절이 훌쩍 지나간다

장롱 깊숙이 넣어놔도 빛이 느껴져서

 함께 침대에서 잠을 잔다 그것을 껴안고 그것의 기억
을 견딜 수 있으면 빛나지 않는 고요한 밤이다 재채기
를 하다 잠이 들고

 나는 빛나는 그것에 깔려 죽는다

 빛에 타서 죽는다

 무작정 죽는다

 채광과 조명으로 기억을 돌보며

 침대에 곤히 잠든 그것을 본다 차고 은은한 빛이 나는

 가까이하면 재채기를 유발하는 특성이 있다

 단숨에 이세계로 닿을 만큼 강력한

 떠난 사람과 영원히 떠난 사람

나는 섣부르지 않기로 한다
추모와 애도의 일이었다

그릇 채우기

빈 그릇이 식탁 위에 있다
얼굴이 비쳐 보이는 그릇
빈 그릇은 무언가 담고 싶어하는 걸까

건조대에 엎어놓았다
그릇에 비치는 얼굴이 달라진다

밥을 같이 먹는 사람은 내가 변했다고 한다
언제부터 그랬냐 물으면
말없이 내 얼굴을 본다
빈 그릇이 건조되고
그 사람이 백발이 되어 나를 노려본다
너는 내 말을 듣지 않는구나

빈 그릇에서 물이 떨어진다

빈 그릇에 붉은 국을 담는다
빈 그릇에 흰 밥을 담고
빈 그릇에 삶은 고기를 담는다
사람들이 없는 그를 찾아와
내게 하나도 변하지 않았다고 한다

그릇이 웃는 모양이다
빈 그릇이 물을 흘리고 있다

그가 나를 많이 생각했을 거라고
사람들이 말한다
그의 옛날 얼굴이 기억나지 않고

빈 그릇에 물이 고여 있다 그릇이 미끄러지고 있다

흰 머리카락이 떨어진다
빈 그릇에 비치는 얼굴
그릇은 닮고 싶어한다

기억하면 안 되는

꿈에서 사랑하는 사람이 죽었다
꿈의 꿈속에서 그 사람 팔목을 붙잡고
이 꿈속에서 영원히 아프지 마

눈을 뜨자 하얀 커튼이 펄럭인다
창밖에는 안개에 가려진 도시
신호등이 깜빡이고 가로수가 흔들린다
수많은 소리들이 창문을 친다
이제 내가 죽을 차례라는 듯이

나를 살아 있는 이름으로 부르지 말아요 무너지는 도
시의 잔해 속으로 이름을 묻어요

꿈에서 사랑했던 사람의 대사가 떠올랐다

얼굴을 떠올리자 이 세상에 없는 인물이다

창밖으로 건물이 무너졌다가 새로 생긴다
객실이 진동한다
천장이 가라앉는다
무너지는 벽
너머로 보이는 발자국

눈을 뜬다
흰 커튼이 펄럭이고
창밖에는 안개에 가려진 도시

죽었던 사람들의 이름을 떠올리려 했지만 되지 않
았다

거울을 보면 사랑하는 사람이 내 얼굴에 있다
손목에는 붉고 선명한 손자국

건물이 흔들리고 있다
기다리고 있다 내 차례를

나는 선한 싸움을 싸우고*

얻어맞으면서 내가 걸어간다. 얻어터지면서 다리가 솟아난다. 몸통과 머리가 생생하다. 이름이 나를 때린다. 외투와 머리카락과 물건들이 때린다. 내가 명확하다. *살을 만져봐. 내 살이 따뜻해.* 그런 눈빛으로 나를 때리는 네가 아파한다. 아픔이 나를 때린다. 사방이 터진다. 고통이 환하다. 부서지는 길들이 밝다. 세계가 무너지고 있다. 서로 때리면서. 서로 맞으면서. 분명해지고 있어요.

* 디모데후서 4장 7절.

입술을 봤을 때

밥을 먹고 소리를 내는 것이었다가
내가 눈을 떼지 못할 때 다시 태어난다

나도 모르는 나로부터 도착한 편지
실수로 손에 스친 글자가 번지면 나는 끌려가고

하늘에서 숲 속에서 내게 걸어오는 말들
아직 밟지 않은 발자국이 들썩인다
자라지 않은 머리카락이 잡지 않은 손이 소란이다

잠을 자면 불리지 않은 내가 몸집을 키워온다
비탈길을 앞에 둔 작은 눈송이처럼

데리고 와요

시도 때도 없이

너무나도 거대한 나를

데자뷔

점심 언제 먹을까
물어보려다 정오가 지났다

밤새 꾼 꿈에서 나는 해변에 있었고 다가올 약속을 모
래사장에 그리고 있었지 우리가 찍은 발자국을 모두 기
억해내고 싶지만 머릿속으로 파도가 일고
내가 밀려오고
나는 분명해지고

너를 데려간 바람이 지구 반대편에서 돌아오지 않는
다 헛기침 한 번에 폭풍우가 몰아치고 발을 디딜 때마
다 절벽이 솟아오르는 곳 그 어디쯤 도착하지 못한 네
가 있겠지만

발끝을 바라보며

몇 초 뒤 내가 있을 곳을 상상해

언제 점심을 먹을까

생각하다가 자정에 넘어져본 적이 있어

무릎에 피어나는

붉은 꿈 붉은 파도

밀려간 발자국이 수면 위에서 첨벙거린다

수평선이 너와 자리를 바꾼다

바다라는 눈동자는 정말 커서

한 번 눈꺼풀을 깜빡이는 데 영원이라는 시간이 필요

하다

그것도 모르고

하늘은 자꾸만 무너지고

그 안에서

너의 발끝이 보일락 말락

나의 달려갈 길을 마치고*

당신이 가야 할 지옥을 매일 상상합니다
그것이 천국이라 믿어요

투명해지기 위해 마주치지 않는 눈
운명이라 여깁니다

벽 앞에서
나는 당신이 꾸고 싶던 꿈
당신이 가졌던 한줄기 그림자입니다

질문은 벽에 못을 박습니다
무엇을 걸어둘지 고민하다가
평생이 지나갑니다

눈을 감으면
오래된 기억은 뒷걸음질 칩니다

겸연과 사랑 사이에서
무수한 산책과 치욕 사이에서
참담과 뉘우침 사이에서

당신이 나에게 얼마큼의 빛을 더 선사할 수 있는지
그것이 풀 한 포기 태우지 못한다고 해도
찰나는 곧 영원

고개를 돌려 하나의 벽을 등지면
다시 천 개의 벽

* 디모데후서 4장 7절.

현실 2

기다리는 사람

정각에 건물 앞으로 내려갈게요

건물 앞을 서성이면
정각이 뚜벅뚜벅
어깨를 스쳐간다

층수를 헤아리면 보이지 않는 층이 있다
그곳에도 여러 명이 숨을 쉬고 있을 텐데

이곳엔 아무도 없습니다 당신이 찾는 사람은 없어요
모자를 고쳐 쓰며 다가오는 입구

입구에서 높이가 솟구친다
옥상에서 난간에서 창문에서

침묵이 쏟아져 내린다

수많은 정각 위에 쌓이는 층계들
떠나는 차들이 거리를 메우고 있다

문 앞에서 기다릴게요

승강기가 열리고 사람들이 쏟아져 나온다
그 사람이 세상에 가득하다

프랙털

지구 반대편에도 사람이 산다
그들의 숨소리가 들리지 않는다

목소리를 녹음해 들으면 낯설다

그런 뜻이 아니었는데
뒷모습을 볼 때 그런 뜻이 된다

살이 베이면 피가 나온다
핏줄이 잘린 게 아닌데도

하루가 끝난다 언젠가 죽는다

아주 먼 곳에서

아주 멀리 돌아온 것 같은데

높은 곳에서는 줄지어 선 가로등이 하나의 불빛으로
보인다
하늘에 보이지 않는 별이 많다

어둠 속에서

피부를 만져보게 된다
숨소리를 들을 수 있다

신도시

많은 일들이 있었고 많은 일들이 없었다 몇 명이 당도
했고 더 많은 이가 떠나갔다 빈 공간을 메꾸고 빈 공간
을 건설했다 없던 먼지가 발생했고 없었던 먼지가 탄생
할 것이다 지금 없는 근육통과 지금 없는 이웃이 생길
것이다 겨울에 없는 더위와 영하에 없는 온기가 생긴다
땀이 맺힌다 물을 마신다 있던 물과 없던 물 옮겨야 할
짐이 아직 산재해 있다 옮겨진 짐들이 빼곡하다 옮긴
사람들과 옮겨온 사람들이 각자의 층으로 들어간다 적
지 않은 일들이 일어났고 적지 않은 일들이 일어나지
않았다 몇 번의 기대와 희망을 품은 기억이 수납되고
있다 몇 번의 후회와 절망에 사로잡혀 있다

누드

옷걸이에 가지런하게 걸리지 않는 외투들

배 속에는 피자와 국물과 해산물이 접시도 없이 뒤죽
박죽
아침과 점심과 저녁이 한 몸으로 보행합니다

월요일은 monday보다 화요일과 가깝고
monday는 tuesday와 가까운 느낌

때가 되면 식탁 위를 수놓는 동그란 액자들
배 속에 있던 피자와 국물과 해산물을 그려 넣고
눈을 감고
이 지루함의 끝을 신께서 허락하시길

기도를 할 때는 1부터 차근차근 숫자를 세요
0은 이미 세어져 있으니까

허기는
말씀이 몸을 원하고 있다는 증거입니다

월요일이 화요일로
monday가 tuesday로 바뀌려고 한다
가만히 있어도

우린 내일 죽음이 될 거야
외투들 여기저기 벗어놓고
1부터 차근차근

0에 다다를 때까지
담을 수 없는 생각은 하지도 말아

입은 왜 하나일까

홀리데이

둔치에서 맥주를 마신다. 네 입이 앉은 자리에 내 입
도 왔다 간다. 느슨하게 묶은 머리카락이 바람에 흔들
리면 세상은 다른 데로 가버린다. 돗자리에 나란히 누
워 너는 이번 달 식비에 관해 이야기하다가, 강 위에 지
어진 다리 위로 차는 하나도 안 다녀. 돌다리를 건너는
듯 조심하게 느린 말투와 얇은 동산에서 울리는 메아리
같이 여운을 남기는 말끝.

네가 뱉은 말을 한 문장 당 열 번씩 곱씹어봐도 네가
어디를 향해 가는지 알 수 없다. 다리 위는 정말로 뻥
뚫려 있는 듯 고요하고 낮게 깔리는 물비린내에는 곧
부슬비가 올 거라는 예감이 있는데.

이곳은 여름의 한가운데. 점심은 마음에 점 하나 찍듯

허기를 달랜다는 어원이 있다고 말하려다가 내가 밥이면 너는 반찬. 네가 밥이면 내가 반찬. 오늘 못다 한 이야기는 오늘 밤 꿈에서 하자. 내일은 소시지를 문어 모양으로 볶아볼까. 너의 신발 끈을 나비 모양으로 묶어놓을까. 생각하며.

발 모양대로 누운 잔디를 따라가면 강이 나오고 그 주변에는 벌레가 울고 강 건너에는 물에 젖어 뭍 쪽으로 누운 풀밭이 있을까.

이곳에서 깨어났을 때 어른거리는 천장으로 빗소리가 똑똑 흘러들었으면. 쌀쌀했으면. 아스팔트가 검고 축축했으면. 너도 밤새 선풍기를 틀어놓고 자니. 그러면 선풍기와 함께 하늘을 나는 꿈을 꾸니. 함께 나는 꿈을 동시에 꿨으면 좋겠다.

　그러자. 말하지도 않았는데 네가 대답한다. 그러자.
그러자 눈이 떠진다. 축축한 이불에서. 베개는 주름도
없이 팽팽하고 냉장고에 소시지는 떨어진 지 오래. 현
관에 한 켤레의 신발. 그러자,

　뒤에 어떤 말이 더 있었던 것 같은데

이야기는 완결되지 않는다

처음 누군가의 손을 잡았을 때
두둥실
떠오르는 풍선

구름이 오후를 넘기면서
의도하지 않은 풍경이 있고
공원이 봄을 뒤집어쓴 채
여름을 놀래려 숨죽이고 있다

키득거리며 아이가 개에게 달려간다
개가 놀라서 도망간다

풍선이 터지고
새들이 날아간다

잡았던 건 분명 손이었는데

하늘을 보면 하늘은 항상 멀리 있고
산책로에 무수한 이파리

살 수 있다
살지 않는다
걸음 사이로 방금 점친 운세가 짓밟혀도
지나온 곳이 이어져 길이 된다

여름이 먼발치에서 고요를 들춰보고 있다

샌드위치

우리 사이에는 무언가 있는 거 같아. 말을 하면 너의 몸이 눈앞에 있다. 사랑해 사랑해 사랑해 연달아 속삭이면 너는 고깃덩이가 된다. 나는 고기의 모든 것을 생각한다. 생각을 물어뜯을수록 살이 단단하다. 바닥에 천장에 벽에. 스며드는 얼굴. 사라지는 모습. 생각이 혼자 향기롭다. 몸과 몸 사이에 있다. 미래가 과거와 과거 사이에 있다. 의자에 앉아 테이블을 사이에 두고. 육체가 육체를 본다. 미래의 향기가 말을 걸어오고 있다.

생략법

발을 디딜 때마다 새로운 풍경이 일어난다
발자국이 걸음을 앞서간다

우리는 항상 이야기의 처음에서
할 말이 있는 사람처럼 서성이고

지평선 너머에서 날아오는 새들

착륙하는 곳에서 다시 이륙하는 비행기
정박한 곳에서 다시 출항하는 선박
파도는 선박에 맞선다 대기가 비행기를 피해 곡예
한다

내 얼굴을 만져봐 얼굴이 거기 튀어나와 있어

내 얼굴은 네가 만지는 얼굴
내가 만지는 내 얼굴은 슬퍼 보일 것 같다

너의 얼굴에는 일곱 개의 구멍으로 이루어진 북두
칠성

발을 뗄 때마다 분열하는 이야기

지평선 너머로 날아가는 새들은 지구의 곡면을 넘어
가는 중
침묵이 새들을 수평선 너머로 이끌고

우리는 언젠가 만나게 될 거야

내 눈을 만져봐

괄호 안이 은근히 넓어

어떤 표정에게

아이가 넘어지면 보도블록이 당황한 배열이다
구름이 허리를 낮춘다
식물이 자란다

밝고 높은 곳으로 걸음이 가라고 해서

결국 여름이다
손바닥을 털면 흩어지는 흙먼지
햇빛이 비추는 곳에서 부유하는

하늘이 양팔 벌려 환영이다
눈이 부셔 쫓아갈 수 없다

왼발을 계단에 올려놓으면 오른발이 갈 길을 알았다

여름 안에서 여름이 미쳤고
여름 밖에서 더위를 기억하는 방식으로

싫어도 한 뼘씩 자란다
지구가 잘했다

도도

나는 새를 보았어
나는 나는 새를 보았어
새는 사라지고 나는 새를 끝까지 바라보았어

날지 못하는 새는 있어도 날개가 없는 새는 없지
나는 새는 날아다니는 새
새를 사랑해
나는 새를 사랑해
나는 나는 새를 질투해
새를 두 손으로 잡고 터뜨리고 싶을 만큼
새는 아름다움

나는 꿈을 꾼 적이 있지
날 이름으로 부르는 세상은 지겨워

날 그만 잊어줄래

날 개처럼 욕해도 좋아

신발이 필요 없는 세상에 잠시 다녀온 적이 있지

나는 뒷모습을 따라하면 새가 될 수 있을까

새의 나는 포즈로

나는 새의 포즈로

점프 점프 점프

나는 사람은 없어도 나는 꿈은 있지

나는 새를 보았어

나는 새의 꼬랑지

날아다니는 새의 꼬랑지를 보았지

새는 나를 보았어

새를 사랑해

날 수 없는 내가 싫고 날 수 있는 새가 싫을 만큼

새를 미워해

날개를 지워줄래

갈구하는 초원

초록이 무성한 언덕
무언가 찾는 중이었는데
누군가 중요한 이야기를 해주고 간 것 같은데

가질 수 있는 것과
가지지 못한 것에 대해 생각하고

붙들린 기억은 어떻게 떼어내야 할까
발바닥에 짓이겨진 열매는

풀리지 않는 끈을 잘라내
숲에 두고 온 신발
오른다는 사실밖에 알 수 없는 방향감각

어느 날 나는 매혹될 수밖에 없는 꿈을 꾸었지
잡힐 듯 잡히지 않는 것에 대해
손에 닿았는데 놓쳐버린 것에 대해 말하는

그곳에서 벗어나 초원을 걷는다
언덕이 내포하고 있을지도 모르는 식물의 쓸모를 밟
으며
생각에 빠진 얼굴
생각에 빠진 나의 얼굴을 보는 얼굴

꺼져가는 불도 바람 한 번에 다시 되살아나는
내 안에서 자꾸 죽는 사람이 완벽하게 죽었다

믿음을 지켰으니*

　신 앞에서 만나자. 방아쇠를 당기면 총성보다 비명이 먼저 쏟아지고. 너와 내가 공평하게 삶과 죽음을 나눠 가지면 새가 나는 숲. 격발하는 순간 휘날리는 잎에서 계속 살아나는 너. 웃음과 울음이 동시에 메아리치는 숲에서 한 방울의 피도 무심히 흐르지 않는다. 나무가 흔들리며 더 깊게 뿌리를 내린다. 과거를 쏜 뒤에 너를 생각한다. 피로 뒤범벅된 시야로. 죽어서도 나를 흔드는 것에 대해 생각한다. 숲은 나무를 기르고 나무는 숲을 키우는 것처럼, 숲을 키우는 건 비명도 총성도 아닌 나의 숨소리. 내 숨이 붙어 있는 한 너는 영원히 죽는다. 죄가 초록으로 장전되는 숲속에서. 총구를 입에 넣는 날이 잦아지면 신 앞에서 만나기로.

* 디모데후서 4장 7절.

여름, 쇠잔 그리고 암전

조금 일찍 왔으면 어땠을까 이곳을 더 빨리 알았더라면 귀퉁이만 남은 샌드위치 위로 날파리가 날아다니고 우리는 손사래를 친다 잔에 맺힌 물방울이 테이블 아래로 떨어지고 바깥은 무더위와 폭우

깨진 보도블록과 다리가 흔들리는 테이블이 시간순과 무관하게 뒤엉킨다 생각은 마음대로 할 수 있지만 마음이 한데 묶여 있으니까 결국 모든 곳은 너에게로 존재와 존재의 가능성이 우리에게로

모르는 음악이 나오고 있어 제목을 물어보면 아무 말도 하지 않을 거야 너는 모르는 것을 아는 척하는 사람이 아니니까

모르는 것은 모르는 채로 살자

모르는 일을 알려 하지 말고

계속 쓰자 너는 좋은 사람이니까

이런 말을 아무렇지도 않게 하는 사람이니까

사람 수를 셀 때 머리를 세는 이유는?

눈은 두 개인데 사람을 생각할 때 하나의 눈빛만 기억
나는 이유는?

사람들은 마시고 말하고 웃고 떠드는 연기를 하는 듯
보인다 그들이 보기에는 우리가 눈물과 침묵 연기 중이
겠지 하늘은 거리낌 없이 많은 소리를 쏟아붓고 도저히
집에 돌아갈 엄두가 나지 않던 무더위와 폭우의 날들

도시를 떠나도 이곳에는 사람이 살고 사랑이 살고 입 밖으로 내면 말이 되어 멀리 달아나버릴까 봐 가만히 의자에 앉아서 날파리가 왔다 갔다 번갈아가며 손사래 치는 우리

그런 세계를 반복해 살았다 아무도 없어도

시인 노트

당신은 나에게 선택을 강요한다.
해준 것도 없으면서
눈앞에 양 손바닥을 펴고 실실 웃는 얼굴

나는 기꺼이
두 손을 다 쳐버리고 뒤를 돌아 걷는다.

이 시퀀스가 몇 번째인지
아무도 모르지

그리고 펜을 들고 적는 상황이 발생한다.
책에는 다음과 같이 쓰인다.

오레나두는 착실하게 건설되고 있습니다.
아무도 찾지 않아도
미래의 어딘가에서

이번 여행은 비교적 짧았어. 당신은 마지막 세계를 빠져나오며 생각한다. 짧은 여행이었음에도 당신은 많은 곳을 방문했고 많은 사람 곁을 스쳐 지나왔다. 양손에 종이컵을 들고 둘레길을 걷는 사람. 강변에서 자전거를 타는 사람 그리고 꿈속의 꿈을 꾸는 사람과 같은 꿈을 반복해서 꾸는 사람. 당신은 그들과 이야기의 일부를 조금씩 나눠 가졌다.

당신은 가방을 연다. 안에는 그릇 조각과 샌드위치 조각, 빛나는 조각 등이 굴러다니고 있다. 새에 집착하는 사람은 정말 이상했지. 깃털 조각을 매만지며 당신은 생각한다.

처음 당신은 그들과 거리를 둘 요량이었다. 있는 듯 없는 듯 마치 그림자처럼, 그들을 안내해주는 표지판 역할을 하려 했다. 하지만 셰르파는 결국 동행자가 되는 법. 어느새 누군가의 어깨를 토닥여주고 함께 자전거를 타며 누군가와는 점심 약속까지 하는 자신을 발견했다. 다시 생각해보면 당신은 처음부터 그들을 익숙하게 대했다. 그들과 시간을 보낼수록 그들을 당신의 몸과 같이 느꼈으며, 그들의 상황과 인격이 당신에게 속

수무책으로 쳐들어왔던 것 같다.

　여러 명을 만나는 과정에서 당신은 때때로 정체성에 혼란을 겪었지만 그것이 오히려 당신의 존재를 짙게 만들고 있다는 느낌을 받았다. 자아가 흩어지며 선명해지고, 분열되면서 넓게 퍼져나갔다. 이상한 기분이었다. 그리고 곧 당신은 그들이 당신 자신이 아닐까 생각하게 된다.

　이제 당신은 이전의 당신이 아니다. 아니, 이전과 이후라는 단어는 더 이상 필요하지 않다. 또한 당신은 다른 당신들이 찾아 헤매는 존재도 결국은 당신 스스로라고 생각한다. 그리고 알게 된다. 결국 모든 이야기는 이어진다는 것을.

　하지만 당신은 말이 많은 편이 아니다. 당신은 하고 싶은 말은 참는 편이다. 당신은 하고 싶은 말은 참고 굳이 하지 않아도 될 말을 툭 던져놓는 편이다.

　" "

　당신이 말을 입 밖으로 내뱉었을 때 다시 이야기가 시작되려 하고 있다.

해설

'사이'를 건너기 위한 독백

최 진 석(문학평론가)

1. 독백의 빈 장소

우연하게도 이 시집을 집어 들었다면, 당신은 이제 선택해야만 한다. 첫 번째 페이지를 열 것인가, 그대로 탁상 위에 올려둘 것인가. 그 선택은 곧 다른 선택을 낳을 것이다. 두 번째 페이지로 건너갈 것인가, 그대로 페이지를 닫을 것인가. '인생은 선택의 연속'이라는 상투적인 격언을 반복하려는 것이 아니다. 선택은 우리에게 의미심장한 물음을 던진다. 첫 번째 페이지를 열어젖히거나, 책을 내려놓거나, 두 번째 페이지를 넘기거나, 혹은 그만두거나… 동시에 선택할 수 없기에 동시에 존재할 수 없는 두 가지 현실, 그 '사이'를 직시하라는 질문.

셀 수 없이 다양한 선택지 사이에서 분명한 것은, 선택한 것만큼이나 선택하지 않은 순간의 행위가 어떤 결과를 불러올지 우리는 전혀 알 수 없다는 점이다. 그럼에도 분명한 것은 우리가 책임져야 한다는 것. 우연히 시작되었으나, 불가피하게 도달한 그 결과를 승복하고 받아들여야 한다는 것. 무한한 선택의 가능성이야말로 자유의지의 축복처럼 언명되지만, 선택이란 실상 피할 수 없는 운명에 붙여진 미사여구 아닐까. 지금-여기에 당신이 맞닥뜨린 필연성을 견디기 위해 고안된 변명 같은 것. 시의 운명도 그와 다르지 않을 터. 두 현실이 맞붙은 교차점이자 분기점, 그 사이에 갇혀버린 시인의 지루하고도 가혹한 독백.

선택에서 선택으로 이어지는 그 '사이'는, 별개의 두 현실이 맞닿으며 갈라지는 빈 장소이다. 지금 이 문장을 쓸 것인가 거둘 것인가, 시인은 그 찰나의 시공간에 머물며 자신의 이야기를 풀어낸다. 두 가지 가능성이 동시에 현실화될 수는 없으나, 그의 이야기 속에 공존한다. 동시존재, 그것은 불가능한 현실의 두 얼굴이다. 환한 미소를 띨 수도 있고, 슬픈 눈물을 흘릴 수도 있지만, 결코 마주 볼 수는 없는. 그럼, 시인은 무엇에 관해 쓰고 있는가?

2. 영원의 기억

빈 그릇이 식탁 위에 있다
얼굴이 비쳐 보이는 그릇
빈 그릇은 무언가 담고 싶어하는 걸까

건조대에 엎어놓았다
그릇에 비치는 얼굴이 달라진다

− 「그릇 채우기」 부분

　　일상 용구로서 그릇은 단순히 음식물을 담는 도구일
뿐이다. 하지만 그릇의 표면 위에 언뜻 얼굴이 비치고,
그 얼굴이 매번 다르게 보일 때마다 그릇은 단순한 도
구이기를 중지한다. 그것은 일상을 반영하는 동시에,
일상 속에서 저도 모르게 드러나는 차이의 순간들을 포
착한다. 안타깝게도, 매일 사용하는 그릇이 비추는 진
실에 우리는 눈멀고 귀먹은 상태다. 이어지는 시구에서
함께 식사하던 이는 화자가 변했다고 말하지만, 화자는
자신이 예전과 다르지 않음을 강변한다. 서로의 간극은
좁혀지지 않는다. 그들 중 누구도, 적어도 자신의 관점

에서는 진실을 알 수 없으리라. 그렇게 세월은 흐르고, 서로는 서로에게 멀어져갈 뿐이다. 빈 그릇이 진정 담고 싶은 것이 있다면, 그것은 이 간극, 보이지 않는 '사이'를 설명하는 이야기일 것이다.

> 눈을 감으면
> 오래된 기억은 뒷걸음칩니다
>
> 겸연과 사랑 사이에서
> 무수한 산책과 치욕 사이에서
> 참담과 뉘우침 사이에서
>
> 당신이 나에게 얼마큼의 빛을 더 선사할 수 있는지
> 그것이 풀 한 포기 태우지 못한다고 해도
> 찰나는 곧 영원
>
> — 「나의 달려갈 길을 마치고」 부분

'사이'에 새겨진 것은 "겸연"과 "사랑", "산책"과 "치욕", "참담"과 "뉘우침" 등이 얽힌 복합적인 감정의 운동이다. "오래된 기억"을 통해 떠올려진 선택과 선택의 순간들, 나와 당신 사이에서 벌어졌던 그 시간의 운동은 객관적인 거리가 아니라 정서적 긴장과 굴곡이 펼쳐놓은 감정의 관계들이다. 측량 불가능하기에 오히려 "영원"처럼 멀리서 지켜보아야 하는 기억의 장면들. 그토록 수많은 '사이'에서 또 다른 선택이 가능했다면, 우리는 지금과 다른 삶을 살게 되었을까? "많은 일들이 있었고 많은 일들이 없었다 […] 몇 번의 기대와 희망을 품은 기억이 수납되고 있다 몇 번의 후회와 절망에 사로잡혀 있다"(「신도시」).

3. 비밀의 노래

비어 있음, 그것은 무(無)가 아니라 아직 당도하지 않은 사건을 위한 자리이다. 마찬가지로, '사이'는 비존재가 아니라 존재할 무엇을 위해 남겨진 장소이다. 이쪽과 저쪽, 이것과 저것, 나와 당신을 이어줄 사건의 발화점. 그것이 무엇이든 다시금 '사이'의 선택을 이어가야 하는 것이 당신과 내게 주어진 책임이다.

우리 사이에는 무언가 있는 거 같아. 말을 하면 너의 몸이 눈앞에 있다. 사랑해 사랑해 사랑해 연달아 속삭이면 너는 고깃덩이가 된다. 나는 고기의 모든 것을 생각한다. 생각을 물어뜯을수록 살이 단단하다. 바닥에 천장에 벽에. 스며드는 얼굴. 사라지는 모습. 생각이 혼자 향기롭다. 몸과 몸 사이에 있다. 미래가 과거와 과거 사이에 있다. 의자에 앉아 테이블을 사이에 두고. 육체가 육체를 본다. 미래의 향기가 말을 걸어오고 있다.

― 「샌드위치」 전문

따져보면, 모든 것은 항상-이미 선택이며 행동이다. 느낌과 생각, 보는 것과 말하는 것, 몽상에 젖어 흔들리는 것… 일상 사물에 언뜻 비치는 나의 얼굴은 과거의 상념과 미래의 연상이 겹쳐진 '사이'의 표정이며, 나의 시선에 담긴 당신의 현재다. 우리는 변화하고 있고, 알아채지 못한 채 멀어지면서 서로를 부르고 있다. "오르막이 시작되는 쪽과/내리막길이 시작되는 쪽으로" 엇갈리며 각자의 행로를 정하지만, "먼저 도착하는 사람이 약수를 떠놓자고 종이컵을 나눠 가졌다"(「둘레길」). 이 약속이 지켜질지는 알 수 없다. 다만 끊임없이 걷고 또 걷는 선택의 연속은 "이쪽과 저쪽이 없"고 "위와 아래를 분간할 수 없"는 "생성되고 있는 땅"으로 우리를 끌어갈지 모른다(「동시존재」). '사이'는 그렇게, 선택과 선택이라는 무수한 "생성"을 통해 발견하는 동시에 발명해야 할 시간이자 장소의 이름이 아닐까. 그러니 당신과 나, 서로를 발견하고 발명하게 될, 동시존재라는 불가능한 현실에 관한 시인의 독백은 투명한 잉크로 새겨지는 비밀의 노래라 할밖에.

지금부터 네가 겪게 될 일을 이야기해줄게

어깨에 손을 올린 사람의 눈동자
물결치는 과거

훗날 그것을
사랑이 도래했다고 표현했다

— 「동시존재」 부분

*

　동시존재. '그리고/또는'의 역설을 함축하는 이 말은 'sobytie'라는 러시아어를 연상시킨다. '동시(so)'와 '존재(bytie)'를 포괄하기 때문이다. '사건'을 가리키는 이 단어는, '함께 있는' 서로 다른 것들은 필연코 생성을 일으킨다는 의미로 이어진다. 그것이 좋은 것일지 나쁜 것일지, 또 다른 만남의 장으로 연결될지 영원한 분기의 직선으로 뻗어갈지 아무도 모른다. 이는 기뻐할 일도, 슬퍼하거나 노여워할 일도 아니다. 사건 속의 존재로서 우리는, 나와 당신은 지금-여기라는 '사이'에 충실히 책임을 지면 충분한 까닭이다. "사랑의 도래", 혹은 시라는 이야기가 여전히 채워져야 할 이유는 그뿐이다.

이종민에 대하여

이종민 시인은 2015년 《문학사상》 신인문학상에 「주인은 힘이 세다」 등의 작품이 당선되어 문단에 나왔다. 등단작에서부터 시인은 소외되어 있는 사물과 삶의 국면에 대해 관심의 촉수를 드리우고, 작고 희미한 존재자들이 지닌 의미와 가치를 발굴하여 시화하려는 노력을 경주하고 있다. 이번에 발표한 새로운 신작들도 삶의 소외된 국면, 혹은 주목받지 못하는 자잘한 일상의 사소한 사건들이 지니고 있는 삶의 의미와 가치를 발굴하고 그것들에 어떤 형식을 부여하려고 하고 있다. (⋯) 그는 무작위로 다가오는 삶의 파편들을 받아 적는 것, 즉 우연성에 입각한 삶의 사건들을 수동적인 기록자로서 받아 적는 형식을 통해서 삶을 기록하고자 한다. 그런데 그처럼 우연성에 주목하고 수동성에 입각해서 삶을 기록하는 시적 형식은 작고 보잘것없는 일상의 위대함과 놀라움을 포착하는 방법일 수도 있었다.

황치복, 「삶을 담아내는 다양한 형식들」, 『열린시학』 2018년 겨울호.

외부의 조건은 신경 쓰지 않고 그저 타인과의 관계를 통해서면 성취되는 이종민식의 사랑에 대해 무어라 명명할 수 있을까. 나는 그걸 '무조건적인 사랑'이라 부르고 싶다. 이처럼 무조건적인 사랑을 통해 조금씩 전진하는 이종민의 시 세계를 두고 다소 낭만적이고 감상적이라 비난할 수 있을지 모른다. 현실은 '내'가 지향하는 바와 다르기 때문이다. 그러나 이렇게 생각해볼 수 있다. 현실과는 다른 낭만적인 세계관을 강하게 보여줄 때야말로 비로소 이종민이 보여주는 사랑의 공간이 남긴 여백에 대해 사유해볼 수 있다고 말이다.

진기환, 「무조건적인 사랑의 길」, 『파란』 2022년 여름호.

K-포엣

동시존재

2024년 5월 27일 초판 1쇄 발행

지은이 이종민
펴낸이 김재범
펴낸곳 (주)아시아
출판등록 2006년 1월 27일 제406-2006-000004호
주소 경기도 파주시 회동길 445 (서울 사무소: 서울시 동작구 서달로 161-1, 3층)
전자우편 bookasia@hanmail.net

ISBN 979-11-5662-317-5 (set) | 979-11-5662-698-5 (04810)

K-픽션 시리즈 | Korean Fiction Series

〈K-픽션〉 시리즈는 한국문학의 젊은 상상력입니다. 최근 발표된 가장 우수하고 흥미로운 작품을 엄선하여 출간하는 〈K-픽션〉은 한국문학의 생생한 현장을 국내외 독자들과 실시간으로 공유하고자 기획되었습니다. 〈바이링궐 에디션 한국 대표 소설〉 시리즈를 통해 검증된 탁월한 번역진이 참여하여 원작의 재미와 품격을 최대한 살린 〈K-픽션〉 시리즈는 매 계절마다 새로운 작품을 선보입니다.